T0090430

Simplemente tú y yo

Frank Alvarado Madrigal

Poesía

 www.trafford.com

A mi querida hija
Hazel Alvarado

Sobre el autor

Frank Alvarado Madrigal es excatedrático de inglés en Estados Unidos. Sus poesías han sido publicadas en muchos países, siendo aceptadas con gran interés por amantes de la palabra poetizada, profesores y estudiantes en escuelas, colegios y universidades. Actualmente se encuentran en el mercado cuatro libros de poesía: **Simplemente tú y yo, Secretos, Añoranza** *y su antología poética:* **"Ensueño"***; todos ellos dotados de un gran romanticismo así como de un estudio crítico literario en la sección final de cada poemario. Una gran serie bilingüe, en español e inglés, sobre* **cuentos infantiles** *muestran el genio creativo de este versátil escritor. Cabe mencionar la originalidad que se manifiesta en su obra de teatro,* **"Pitirre no quiere hablar inglés"/ Pitirre Does not Want to Speak English,** *drama controversial vivido por Pitirre, querido símbolo puertorriqueño, en que a través de un lenguaje regional, descripción de paisajes y destellos de letras de canciones netamente boricuas, el autor nos presenta una clara visión sobre el sentir nacionalista de un creciente sector del pueblo puertorriqueño.*

Glosario

Simplemente tú y yo

¿Qué es poesía...?
Poesía es ensueño,
es realidad,
es antídoto
a una incurable enfermedad.

Poesía es
la diáfana vestimenta
que cubre del sentimiento
su desnudez;
mágico atuendo
que cobija la historia
de una gran verdad,
guardada en la memoria,
sin poderse olvidar.

Poesía es
ardiente explosión,
es volcán en erupción,
amordazado grito
en una agridulce canción.

Poesía es
mezcla de angustiosa alegría,
de humilde orgullo,
de sencilla vanidad,
agonizante murmullo
en un mundo de soledad.

Poesía es
idioma universal,
un amor sin final,
río de agua cristalina,
cuya corriente va cantando
una feliz y dolorosa canción,
proveniente del fondo
de su corazón.

Poesía es
apacible bosque
donde pajaritos de bello color
entonan un sagrado
himno al amor.

Poesía es
ese amor que tú me das,
amor que nunca podrás olvidar,
es tierno sentimiento;
arco iris en el firmamento.

Poesía es
una historia de amor
que no concluyó.
Poesía somos:
"Simplemente tú y yo".

Desvelo

Cuando en mis noches de desvelo,
mi alma y mi cuerpo padecen de lleno;
oigo a lo lejos una dulce voz diciendo:
        "Te quiero".
Sé que eres tú; por quien yo vivo y muero.

Y si durmiendo alguna noche soñare,
en un lapso de tiempo pequeño,
mirarte, estrecharte y besarte
y mi vida toda entregarte.

Feliz al cielo yo imploraría
nunca jamás despertar;
así yo viviría, segundos
muy bellos quizá,
que nunca yo gozaría,
en esta mi cruel realidad.

Al cielo también pediría,
eternos esos segundos que fuesen,
que nunca, nunca acabasen,
para algún día, así,
poder morir en tus brazos.

Amor a primera vista

Hoy mis versos se visten de gala,
las estrellas danzan en lo alto,
la luna sonríe enamorada,
una nube ha secado ya su llanto.

Suavemente el viento se desliza
mientras canta una canción;
el mar sin ninguna prisa,
a las olas mece con pasión.

¡Hoy te he visto, te he visto
y me has gustado!
¡Hoy te he visto, te he visto
y de ti me he enamorado!

Te daré mi vida y mi amor,
te daré también mi corazón.
¡Oh, encanto cegador!
Fuente de esta inspiración.

Conmigo

Si te hubieras quedado
viviendo conmigo,
hubiera construido
un mundo distinto.

Si te hubieras quedado
viviendo conmigo,
besaría tus labios
en cada segundo.

Si te hubieras quedado
viviendo conmigo,
hubiera tejido
con suaves latidos
tu corazón y el mío.

Si te hubieras quedado
viviendo conmigo,
habría inventado
un amor diferente
al de toda la gente.

Si te hubieras quedado
viviendo conmigo,
del fondo del mar
la perla más linda
te hubiera extraído.

Si te hubieras quedado
viviendo conmigo,
de lo alto del cielo
la más bella estrella
te hubiera bajado.

Si te hubieras quedado
viviendo conmigo,
sobre alfombra mágica
a un mundo encantado
hubiera volado.

Si te hubieras quedado
viviendo conmigo,
en una nube blanca
un bello palacio
te hubiera construido.

Si te hubieras quedado
viviendo conmigo,
con un gran amor
tu corazón al mío
hubiera yo unido.

Si te hubieras quedado
viviendo conmigo,
¡Qué felices
hubiéramos sido!

Recordando

Dicen que recordar es vivir
pero cuando de ti me acuerdo,
yo me siento hasta morir.

Ha pasado el tiempo
y no te puedo olvidar;
es triste mi lamento
cuando me pongo a recordar.

No es fácil olvidar
cuando se entrega el corazón,
cuando se llega amar
sin medida ni razón.

Pasarán los días,
pasarán los años,
pero en el corazón, la herida,
permanece haciendo daño.

¿Cuál fue mi culpa
para que tú me abandonaras?
¿Cuál fue mi culpa
para que tú ya no me amaras?

Nunca entenderé tu decisión,
nunca entenderé tu gran traición,
si te entregué todo mi amor
sin ninguna condición…

Huellas eternas

El sol de primavera,
como tibia sábana cubría
tu cuerpo y mi vida entera,
mientras sollozando prometías
ser para siempre mía.

Pero quizás las olas con sus rugidos,
mezcladas con el clamor de tus gemidos,
no permitieron a tu corazón escuchar,
lo que tus labios quisieron expresar.

Hoy he vuelto a caminar
la misma playa que me diera,
en esa tibia primavera,
una gran felicidad
y luego me sumiera
en un mar de soledad.

El sol tibio aún estaba
pero a otros cuerpos hoy cubría;
las olas con sus rugidos
aún guardaban
el clamor de tus gemidos.

Nuestras huellas en la arena
las olas habían ya borrado
pero dibujadas otras huellas,
igual que tus promesas, aún estaban,
pero no en la arena como aquellas,
si no dentro de mi pecho, muy marcadas.

Abstinencia

Ya no como, ya no duermo;
solo pienso en tu amor.
Tú te has ido de mi vida;
sumido estoy en mi dolor.

Yo te quise y aún te quiero
como un loco sin pensar.
Mi vida es ya un martirio
que está próxima a expirar.

Aunque formo parte de tu olvido;
eres en mi vida adoración.
Y hoy aún, cariño mío,
tiembla mi cuerpo de pasión.

El morir estando vivo,
anhelo de mi corazón,
para mí es un castigo
que me roba la razón.

Amor especial

Consagrado he mi amor a ti
por toda la eternidad;
sueños lejanos que no volverán,
recuerdos que en mi vida
ya nunca borrarse podrán.

Tu amor y mi amor
nunca fueron igual
al de amantes comunes
que no saben amar.
Trágico es mi dolor
que encierra
una herida mortal.

Y aún cuando el tiempo
borrase los años
de gran variedad;
escucharás a través de lo lejos
mi voz llamándote cerca,
ofreciéndote un amor sin igual.

Ironía

Entre más la quieres;
más te desprecia.
Entre más la desprecias;
más ella te quiere.

Así es el amor...
uno egoísta;
que de todo recibe.
Otro pacifista
que todo lo da,
y a cambio,
nada recibe.

Es la ley de la naturaleza;
aunque a unos
les cause tristeza.
Es la ley de la vida
y a otros les brinda alegría.

A mí me tocó siempre dar;
nunca nada recibí de las demás.
Muy tarde llegas a mi vida;
pues en mi corazón
no cabe otra herida.

Perdóname si solo recibo hoy
y nada a cambio yo te doy.
Ya no tengo más amor
para entregar;
no puedo amarte,
como cuando amaba de verdad ...

Viajero

Por todos los mares
que yo navegué,
nunca encontré
una mujer como usted.

Viajando, viajando
buscándote a ti,
yo recorrí por aire,
por tierra y por mar
todo el confín.

Al hallarte y mirarnos
el sol se eclipsó;
en punto estratégico
él se escondió;
así nuestro amor
se fundió.

Vivimos, vivimos,
un amor sin igual,
ambos sabemos
que no existe rival,
cuando se goza
de algo especial.

Silencio

Quise llamarla
decirle que la amaba,
que con ella yo soñaba.

Quise llamarla
decirle que la adoro,
que la quiero
y que sin ella desespero.

Que en esta vida
ya no creo.

Que este mundo;
no es mi mundo
y que sin ti me veo
como un triste vagabundo.

Que más ya no podía
seguir sufriendo tanto.
Que lágrimas ya no tenía;
que había sido
mucho mi llanto.

Tanto le quise decir;
 que una palabra
no pronuncié.

Tanto yo la lloré,
que creo,
que nunca más amaré.

Cupido

No te dejes engañar
por los trucos del amor;
te invita amar
y a entregar tu corazón.

Trae cara de inocente
al principio de la relación,
pero dentro de su mente
se esconde un vil ladrón.

Confunde tus pensamientos,
juega con tus sentimientos,
se apodera de tu tiempo
y te sube al firmamento.

Tu sueño robará,
entre más fuerte es la pasión
que guardas en el corazón,
cuando amas de verdad.

Cuando de ti se marcha,
es una nueva historia
que queda en tu memoria
como imborrable mancha.

Se despide de muchas formas;
sin reglas o sin normas,
en silencio o con reproches,
por el día o por las noches.

Como quiera que lo haga
el dolor siempre es el mismo;
te sumerge en un abismo
a la hora que se vaya.

Sigue mi consejo amiga o amigo,
pues Cupido es tu enemigo;
no entregues todo tu amor
o sabrás lo que es dolor.

Naufragio

Como en barco de papel
mi amor un día navegó;
a pique se me fue
causando un gran dolor.

Como niño sin razón
mi llanto no pude contener;
al perder a la mujer
que robó mi corazón.

¿Cómo haré para olvidar?
¿Cómo haré para calmar
el llanto y desesperación
de mi afligido corazón?

¿Cómo haré para vivir?
¿Cómo haré para soportar
este gran dolor
por la ausencia de tu amor?

En otro barquito de papel
mi desilusión embarcaré;
esperando que naufrague
o pronto moriré.

Bello Despertar

¡Qué lindo es ver la luna
    a través de tu ventana!
¡Qué lindo es ver el sol
    por la mañana!
¡Qué lindo es estar
    junto a ti todos los días!
¡Qué lindo es saber
    que ya eres mía!
¡Qué lindo es estar
    de ti enamorado!
¡Qué lindo es tenerte
    por siempre a mi lado!
¡Qué lindo es ver
    tus ojos sonreír!
¡Qué lindo es tener
    por quien vivir!
¡Qué lindo es regresar
    a casa y saber
que con los brazos abiertos
    espera mi mujer!

¡Qué lindo es vivir
    con la seguridad
de que tú me amas
    de verdad!
¡Qué lindo es contemplar
    tu rostro iluminado de pasión
y prisionero estar
    en la cárcel de tu corazón!
¡Qué lindo es vivir
    este amor que tú me das
y haber hecho por fin
    mi sueño realidad!

Frío amanecer

Hoy mis brazos extendí
buscándote otra vez.
¡Qué frío amanecer!
Estaba ya sin ti.

No estabas a mi lado;
te fuiste para siempre.
¿Cómo borrarte de mi mente,
si siempre yo te he amado?

Estoy desesperado,
siento enloquecer.
¿Qué yo voy hacer?
Me has abandonado.

Tus besos nunca más tendré,
no quiero ya saber
de ninguna otra mujer
que se burle de mi ser.

Lanzaré mi amor al río,
me siento muy herido;
mas aún no me arrepiento
de haberte conocido.

Mentiste al jurar amor eterno;
me siento muy enfermo,
te fue fácil olvidar
mi forma de besar.

Si algún día el destino,
te pone en mi camino;
acuérdate primor
de todo mi dolor.

Nuestra alameda

¿Adónde va el amor
cuando se acaba,
dejando un gran dolor
en el fondo del corazón?

¿Adónde huye el sentimiento
que una vez trajo la felicidad,
dejando en mi aposento
una inmensa soledad?

Su escondite deseo encontrar,
rogarle que se vuelva a mudar,
que ocupe la misma habitación
dentro de tu dulce corazón.

Que el tiempo retroceda,
que camine la alameda
que una vez la trajo a mí,
que sin ella; no puedo más vivir.

Que llanto no me queda más,
que ya la tengo que besar,
que no me haga más sufrir
o pronto he de morir.

Cataclismo

Cuando el mar sus olas no meza
y en su horizonte solo haya tristeza.
Cuando las flores no den sus colores
y el perfume de sus pétalos desaparezca.

Cuando la luna en triste agonía
a la tierra no le sonría.
Cuando los astros su rumbo detengan
sin que hayan fuerzas que los sostengan.

Cuando el sol con su radiante belleza
no ilumine más a mi linda princesa;
no cambiará mi universo,

pues tú eres el más bello verso
que dará color y alegría
para siempre a toda mi vida.

Perdón

En mi jardín, ni la azucena ni la rosa
se atreverían a competir contigo;
ya que el resplandor de tu belleza
para el mismo sol es cruel castigo.

Tu bondad y dulzura
son tu inmensa riqueza,
sumadas a tu inigualable belleza,
símbolos son de tu hermosura.

Ante esa tu gran dignidad,
únese la piedad de tu corazón
y hoy con gran humildad
de ti yo imploro tu perdón.

Ilusión

Quizá, quizá me ilusioné tanto contigo
que ya no puedo ser tu amigo
porque sin yo quererlo,
mi vida es ya un infierno.

Infierno más cruel que el de Dante,
más amargo que la hiel;
recrudece a cada instante
dentro de mi mente tambaleante.

Este mi amor es...
más fuerte que un huracán,
más ardiente
que la lava de un volcán.

Este mi amor es más claro y puro
que una gota de rocío en la mañana;
más sonriente que ese sol
que asoma a tu ventana.

Quizá, quizá me ilusioné
tanto contigo …
que ya no puedo
ser tu amigo.

Calendario

En enero fingió un amor verdadero.
En febrero creí que su amor era sincero.
Llegó marzo con su primavera;
me sentí inseguro por vez primera.

En abril la tibia brisa
trajo consigo mucha prisa;
ya no hubo una caricia
ni el color de una sonrisa.

Ya para las lluvias de mayo,
su amor era todo un ensayo.
En junio, julio y agosto
su cariño fue muy corto.

Septiembre, octubre y noviembre
fueron de mucha tristeza
y ya para diciembre,
se mudó de nuestra pieza.

Locura

Tu lejana cercanía
me recuerda
tu lejana cercanía.

Te quise y no te quise;
locura loca sin cesar,
que una vez
me hizo olvidar,
mi manera de pensar.

Abandono

Hoy comprendí que tu amor
se ha ido de mi vida
dejando una gran herida
en el fondo de mi corazón.

¿Cómo haré para olvidar
los besos que me dabas,
si en tus labios yo encontraba,
la felicidad por mi soñada?

La luz de tu mirar
ya nunca alumbrará
la eterna oscuridad
de mi dolorosa soledad.

Hoy mi mundo
se ha acabado
al dejarme solo,
triste y abandonado.

Mi mundo es diferente,
has cambiado
todo en mi ambiente;
estoy desorientado.

La sonrisa de mis labios
se ha marchado,
sin tan siquiera dejar
la huella de un pasado.

Fastidio

No me quieras tanto
que un amor así
hace daño;
tu amor podría
convertirse en llanto
y el mío ...en desencanto.

Niña temprana

Eres fresca rosa de la mañana;
reluciente niña temprana.
Soy un desierto;
tú mi espejismo.

Soy alma de muerto;
muero ahora mismo.
En ti mi vida se posa,
febril mariposa.

Eres flor del desierto;
soy tu destino.
Revives lo muerto
en tu camino.

¡Oh , bello espejismo!
Ven ahora mismo.
¡Oh, fresco oasis!
¡Cuán feliz me haces!

Mi niña bonita

Mi niña bonita
está sentadita,
soñando en amores,
entre lindas flores
de bellos colores
y agradables olores.

Juega la brisa
con dulce sonrisa;
acaricia su cuello
bajo el sedoso cabello
de la bella nodriza,
mi niña bonita.

Bajo un manto azul
lentas nubes mira pasar.
Sentadita en ese lugar
ansía vislumbrar
al príncipe azul
que sus labios ha de besar.

Si al menos supiera
que yo soy aquél
que tu alma sincera
aceptara como él;
mil besos te diera
con el sabor de la miel.

Yo no sé
decirte

Yo no sé decirte
que es lo que siento,
solo sé decirte
que muy dentro de mí,
conservo yo tu aliento.

Yo no sé decirte
cómo ha pasado,
solo sé decirte
que yo estoy de ti,
muy enamorado.

Yo no sé decirte
cómo sucedió,
solo sé decirte
que cuando te perdí,
mi dicha se esfumó.

Yo no sé decirte
que de mi vida será,
solo sé decirte
que el cielo es gris,
desde que no estás.

Yo no sé decirte
cómo he sufrido,
solo sé decirte
que de estar sin ti,
la calma he perdido.

Yo no sé decirte
a quién yo amo más,
solo sé decirte
que aún tú estás ahí,
en lo alto de mi altar.

Yo no sé decirte
cuán celoso estoy,
solo sé decirte
que de estar sin ti,
estoy muriendo hoy.

Yo no sé decirte
y no te lo diré,
solo sé decirte
que cuando yo te vi,
mi amor te lo entregué.

El embustero

Al principio sabe a miel
pero luego sabe a hiel.
Así es su amor en una relación;
al final te rompe el corazón.

Sus promesas se las lleva el viento;
son puñales que se clavan muy adentro.
Es una persona muy infiel;
no confíen más en él.

Mujeres sigan mi consejo
si todavía están a tiempo;
si no, mírense en mi espejo
y verán mi sufrimiento.

Escuchen a quien les aconseja;
no le creas a ese hombre,
pues hoy el amor te lo sirve en bandeja,
pero mañana se olvida de tu nombre.

Tinieblas

Por el mundo en tinieblas voy,
ya no sé ni quién yo soy...
Mis pensamientos
se sumergen en la niebla,
ya no sé ni adónde estoy.

Solo el recuerdo me acompaña;
el recuerdo de un adiós,
ya no habrá un feliz mañana
para mi despreciado amor.

¿Y qué es la vida sin un amor?
¿Y qué es la vida sin una ilusión,
cuando te pagan con traición
y sangrando dejan a tu corazón?

Al cielo alzo mis brazos
llorando lágrimas de amargura
y pregunto en mi locura:
¿Por qué se han roto nuestros lazos?

Respuesta creo nunca encontraré
a tu infame decisión,
mas siempre yo te llevaré
dentro de mi corazón.

Llegaste a tiempo

Hoy mi mundo es diferente;
siento la alegría en el ambiente,
la sonrisa permanece en mi semblante,
al igual que en el resto de la gente.

Llegaste cuando más te necesitaba;
cuando más solo y triste me encontraba,
llenando mi corazón de alegría;
cambiando con tu amor toda mi vida.

Ya no habrá más tristeza;
ya no habrá más soledad,
solamente la certeza
de amarnos a la brevedad.

Tesoro mío

Vida. Luz. Vivacidad.
Tesoro inmenso; no tienes precio,
eres mi gran felicidad
y no me importaría parecer un necio,
si por ti, me tengo que humillar.

Dulzura, bondad y gracia
son tus más grandes atributos.
¡Oh ! Vida mía, prefiero la eutanasia;
a privarme de tu amor por un minuto,
si a ese extremo, llegase mi desgracia.

Alborada

Los resplandores del sol
iluminando están la habitación
y entonando se hallan en tu cuna
una muy linda canción.

De sueños y fantasías
la infancia te colmará
y criatura más consentida
en este mundo no se verá.

Despierta, sonríe con alegría,
resplandece tus colores;
anuncia hoy un nuevo día,
mariposa de mis amores.

El nido

De un nido
    volaron dos pajaritos.
De una blanca nube
    brotaron dos gotitas.
Cierra ya mi amor
    tus lindos ojitos.
No llores más
    y dame tus bellas manitas.

Felicidades

Un año más engalana tu vida.
Dicha, felicidad y alegría
a ti–amor de mi vida–
te deseo en este tu día.

Por los senderos del bien
tus pasos te han de guiar;
son las ansias de quien,
nunca te habrá de olvidar.

Búsqueda

Vivir sin un altar,
sin quien
en este mundo adorar.
Mis pasos por la vida
encaminar,
en busca de un amor,
a quien
mi vida entregar.

Solo y triste soñaré
mi sueño de soñador
y en mi subconsciente
viviré…
la gloria de tu amor.

Condena

Fue una situación incontrolable,
característica de una enferma pasión;
de ese sentimiento inevitable
creado con el tiempo en el corazón.

Su mirada perdida en el oscuro espacio,
convergiendo por senderos de crueldad.
Sus pensamientos desfilando muy despacio;
sin conexión alguna con la realidad.

Decíase que fue de la literatura buen profesor,
maestro de maestros en el arte de redimir
al más indisciplinado y de convertir
su imagen en todo un gran señor.

Vagaba por las calles silencioso.
Sin metas y sin rumbo;
sin rumbo y sin metas,
carente de sueños en sus ojos.

No quiso saber más de amores
pues lo que causan son dolores.
No quiso saber más de ti;
dijo un día antes de morir.

De él nadie hoy se acuerda
aunque su alma ronde en pena;
cumpliendo una condena
por haber amado a quien no le amó.

Amor y primavera

Cuando el amor se va,
al igual que la primavera;
llevándose con ella
su belleza verdadera,
sin que nadie
lo pueda remediar,
sentimos con tristeza
lo que hemos perdido...
y queremos retornar
hacia el pasado
y pedirle a ese ser amado
que vuelva y se quede
por siempre a nuestro lado,
mas lloramos al saber
que tarde es para renacer
un amor que ya hoy
no puede ser.
Verter lágrimas
y balbucear palabras
al oído de nuestro corazón;
palabras sin sentido

que carecen de razón;
gritos muy ahogados
que poco a poco
han desgarrado
a mi moribundo corazón.

Delirio

Miro al cielo y me pregunto:
¿Qué pasó de aquel instante?
Amor voraz de un minuto,
pasión locamente delirante.

¿Quién llamó del olvido
a mis puertas?
¿Quién sin permiso mío
dejó mi alma desierta?

Respuesta inútil;
desvarío fatal,
mano criminal
que hoy me hace temblar.

Espejismo

Tus palabras desvanecen
cual espejismo en el desierto,
cual fugaz estrella en la lejanía;
así mi vida desfallece
y mi conciencia ya no es mía
y en vez de seguir viviendo,
voy muriendo cada día.

Triste realidad

Nunca yo creí que por ti
un día iba yo a sufrir.
Nunca yo pensé que a tus pies
mi vida iba yo a poner.
Nunca pude imaginar
que por tu amor iba yo a llorar.

No hallo solución
a la desesperación que siento
en mitad del corazón.
'En poco tiempo yo te di
un amor sin condición,
pero nunca yo creí
que pagarías con traición.

Fui usado a tus antojos
y cuenta no me di,
ciego estaba yo por ti
pues la mentira
no miraba yo en tus ojos.

Caprichos

Suspiras y sonríes
delicada rosa;
callas y contemplas
niña primorosa.

A veces ríes.
A veces estás llorosa.
Sé que me amas;
que me quieres de verdad,
que soy el ser que adoras
y te da felicidad ...

¡Qué será de mí!

No quiero ni pensar
qué será de mí
si tú te vas.

No quiero imaginar
qué será de mí
si no te miro más.

¿Cómo olvidar
los besos que me das?
Si son ellos los que
me hacen suspirar.

Cuando me besas
siento la duda disipar;
de que tú algún día
me dejarás de amar.

Cuando juntos caminamos
tomados de la mano,
siento la ilusión
de que viviré por siempre
dentro de tu corazón.

Triste ironía

¡Qué ironías nos brinda la vida!
Todos tenemos nuestra sorpresa;
unos se van y otros se quedan
sumidos siempre en su tristeza.

Tú te marchaste de mi lado
mientras yo sufría muy enamorado;
en tu retorno yo pensaba
y en el altar del recuerdo
tu imagen veneraba.
Por el día te añoraba
y en las noches
contigo yo soñaba.

Mas hoy el destino
te trajo hasta mi puerta;
tarde, muy tarde, ha sucedido...
prosigue tu camino,
pues para mí,
ya tú estás muerta
y déjame, déjame solo,
en mi tristeza ...

Gota a gota

Sangrante tengo una herida,
    cada gota al compás
de un mismo son,
    va derramándose
por ti, querida,
    la sangre de mi corazón.

Voy muriendo ya mi amor,
    voy muriendo de pasión
y terrible es el dolor
    que siento, aquí,
en mi corazón ...

Cenizas

Su calor de verano
una vez me arropó;
las nieves de mi invierno
un día derritió.

Mas la flama de mi amor
hoy se apagó
y el viento las cenizas
presuroso se llevó.

Mi vida

¡Qué es mi vida!,
si no ese manto gris
que se tiende
sobre la lejana nave
próxima a zozobrar.

¡Qué es mi vida!,
si no esa mano siniestra
que en la oscuridad
mis gritos de angustia
pretende silenciar.

¡Qué es mi vida!,
si no ese sollozo de niño,
tenue, indefenso y ahogado
implorando con sus gemidos
un poco de piedad.

¡Qué es mi vida!,
si no el dolor
de esa pobre avecilla
a quien el furioso huracán
su nido viene a destrozar.

¡Trágica es mi vida
quien con su martirio
a mí me hace temblar,
cual volcán enfurecido
queriendo de momento,
en una erupción
de coraje y de maldad,
a la humilde aldea sepultar!

Despertad

Si yo me pusiera un día
del mundo a escribir mi protesta,
funesta sería mi suerte
para el resto de mi vida.

La antítesis yo escribiría
de lo que al caso concierne,
tal vez así lograría
despertar a quien duerme.

El trovador

¿Qué quién soy?
Préstame tu atención
por un instante:
Soy un trovador errante
en busca del más bello tesoro:
La paz entre las naciones
y el amor de sus ciudadanos
son mis ansiadas ambiciones,
entonadas en mis canciones,
hacia los pueblos
del continente americano.

Esperanza

Una solución quisiera obtener
de la vida al asombroso misterio;
para entonces en mi proceder,
cambios en algunos criterios,
al mundo poder ofrecer.

Enlace

A veces el mundo yo quisiera cambiar
y a mi manera hacerlo pensar:
Tranquilidad, amor y alegría
para esta mi tierra querida
quisiera que fuera el enlace
y que el planeta en esta órbita girase,
y cuando el mundo quisiera enterrarme,
contento yo moriría;
feliz de morir en sus brazos.

Batalla
de
Santa Rosa

Pum, pum, pum;
sonaban los tambores enemigos.
Tralará laraaaá;
anunciaban su llegada
las trompetas invasoras.

Con bombos y platillos
al son de sus balazos;
un ejército bien armado
adueñarse pretendía
de nuestro terruño amado.

¡Qué equivocados estaban
al todos ellos creer
que a Costa Rica, fácil,
ellos podrían vencer!

¿Se olvidaban acaso
de nuestra indígena herencia?
Sí, se olvidaron de nuestra
más pura esencia,
mezcla de valor,
tacto y paciencia.

Nuestra paciencia
a su límite llegó
y el valor de nuestro
humilde corazón
se desbordó.

Y en Rivas, un once de abril
de mil ochocientos cincuenta y seis,
dentro de su Mesón,
nosotros los Ticos
dejando palas y picos,
al filibustero William Walker
le dimos una gran lección.

¡Vivan nuestros valientes soldados!
¡Vivan nuestros máximos exponentes!
Don Juanito Mora, el General Cañas
y Juan Santamaría, quienes evitaron,
que nuestra patria cayera vencida.

Estudio crítico literario

Simplemente tú y yo

Primer volumen
de poesías

La poesía lírica de Frank Alvarado Madrigal nos revela en todos y cada uno de sus versos lo que en realidad simboliza la palabra arte. El poeta, utilizando una variedad de temas y un lenguaje sencillo y armonioso, te conduce de la mano a través de bellísimas figuras retóricas por senderos que, con anterioridad, ya había trazado para ti.

Tema:

Como en todo poeta romántico, sobresalen en sus poesías, temas a la naturaleza, al amor, al desamor, motivos pesimistas, nostálgicos, épicos, y de crítica social.

Canto a la naturaleza:

Simplemente tú y yo

Poesía es
apacible **bosque**
donde **pajaritos** de bello color
entonan un sagrado
himno al amor.

Cataclismo

Cuando el **mar** sus **olas** no meza
y en su **horizonte** solo haya tristeza.
Cuando las **flores** no den sus colores
y el perfume de sus **pétalos** desaparezca.
Cuando la **luna** en triste agonía
a la **tierra** no le sonría.
Cuando los **astros** su rumbo detengan
sin que hayan fuerzas que los sostengan
y cuando el **sol** con su radiante belleza
no ilumine más a mi linda princesa;
no cambiará mi **universo**,
pues tú eres el más bello verso
que dará color y alegría
para siempre a toda mi vida.

Cenizas

Su calor de **verano**
una vez me arropó;
las **nieves** de mi **invierno**
un **día** derritió.

Temas de amor:

Amor a primera vista

*¡Hoy te he visto, te he visto
y me has gustado!
¡Hoy te he visto, te he visto
y de ti me he enamorado!*

*Te daré mi vida y mi amor,
te daré también mi corazón.
¡Oh, encanto cegador!
Fuente de esta inspiración.*

Bello despertar

*¡Qué lindo es vivir
este amor que tú me das
y haber hecho por fin
mi sueño realidad!*

Llegaste a tiempo

*Ya no habrá más tristeza;
ya no habrá más soledad,
solamente la certeza
de amarnos a la brevedad.*

Viajero

*Al hallarte y mirarnos
el sol se eclipsó;
en punto estratégico
él se escondió;
así nuestro amor
se fundió.*

Temas de desamor:

El embustero

Al principio sabe a miel
pero luego sabe a hiel;
así es su amor en una relación,

al final te rompe el corazón.

Ironía

Perdóname si solo recibo hoy
y nada a cambio yo te doy.
Ya no tengo más amor
para entregar;
no puedo amarte,
como cuando amaba de verdad...

Triste ironía

Mas hoy el destino
te trajo hasta mi puerta;
tarde, muy tarde, ha sucedido...
prosigue tu camino
pues para mí
ya tú estás muerta
y déjame solo, déjame solo
en mi tristeza.

Cenizas

Mas la flama de mi amor
hoy se apagó
y el viento las cenizas
presuroso se llevó.

Temas pesimistas:

Silencio

Tanto le quise decir;
que una palabra
no pronuncié.
Tanto yo la lloré
que creo,
que nunca más amaré.

Cupido

Sigue mi consejo amiga o amigo
pues Cupido es tu enemigo;
no entregues todo tu amor
o sabrás lo que es dolor.

Naufragio

En otro barquito de papel
mi desilusión embarcaré;
esperando que naufrague
o pronto moriré.

Frío amanecer

Estoy desesperado,
siento enloquecer.
¿Qué yo voy hacer?
Me has abandonado.

Temas nostálgicos:

Recordando

Dicen que recordar es vivir
pero cuando de ti me acuerdo,
yo me siento hasta morir.

Ha pasado el tiempo
y no te puedo olvidar;
es triste mi lamento
cuando me pongo a recordar.

Huellas eternas

Hoy he vuelto a caminar
la misma playa que me diera,
en esa tibia primavera,
una gran felicidad
y luego me sumiera
en un mar de soledad.

Abstinencia

Ya no como, ya no duermo;
solo pienso en tu amor.
Tú te has ido de mi vida;
sumido estoy en mi dolor.

Mi vida

¡Qué es mi vida!
si no ese manto gris
que se tiende
sobre la lejana nave
próxima a zozobrar.

Temas épicos:

Batalla de Santa Rosa

¡Vivan nuestros valientes soldados!
¡Vivan nuestros máximos exponentes!
Don Juanito Mora, El General Cañas
y Juan Santamaría, quienes evitaron,
que nuestra patria cayera vencida.

Temas de crítica social:

El trovador

¿Qué quién soy?
Préstame tu atención
por un instante:
Soy un trovador errante
en busca del más bello tesoro:
La paz entre las naciones
y el amor de sus ciudadanos
son mis ansiadas ambiciones,
entonadas en mis canciones,
hacia los pueblos
del continente americano.

Esperanza

Una solución quisiera obtener
de la vida al asombroso misterio;
para entonces en mi proceder,
cambios en algunos criterios,
al mundo poder ofrecer.

Despertad

Si yo me pusiera un día
del mundo a escribir mi protesta,
funesta sería mi suerte
para el resto de mi vida.

La antítesis yo escribiría
de lo que al caso concierne,
tal vez así lograría
despertar a quien duerme.

Enlace

A veces el mundo yo quisiera cambiar
y a mi manera hacerlo pensar:
tranquilidad, amor y alegría
para esta mi tierra querida
quisiera que fuera el enlace
y que el planeta en esta orbita girase,
y cuando el mundo quisiera enterrarme
contento yo moriría;
feliz de morir en sus brazos.

Lenguaje:

*Su lenguaje es sencillo y claro obteniendo, en esta forma, rimas bastante comprensibles encadenadas melódicamente a través de todos sus versos. Un profundo subjetivismo y el uso del **yo** caracterizan sus poesías.*

Desvelo

Cuando en mis noches de desvelo,
mi alma y mi cuerpo padecen de lleno;
oigo a lo lejos una dulce voz diciendo:
            "Te quiero".
*Sé que eres tú; por quien **yo** vivo y muero.*

Perdón

Ante esa tu gran dignidad
únese la piedad de tu corazón
y hoy con gran humildad
*de ti **yo** imploro tu perdón.*

Ilusión

Quizá, quizá me ilusioné tanto contigo
que ya no puedo ser tu amigo
*porque sin **yo** quererlo*
mi vida es ya un martirio.

Imaginería:

Nuestro escritor hace uso de toda su destreza poética por medio del empleo de imágenes; de de esta forma, el lector tiene la oportunidad de recrear los sentidos sensoriales.

Simplemente tú y yo

Poesía es
idioma universal,
un amor sin final,
río de agua cristalina,
cuya corriente va cantando
una feliz y dolorosa canción,
proveniente del fondo
de su corazón.

Poesía es
apacible bosque
donde pajaritos de bello color
entonan *un sagrado*
himno al amor.

Conmigo

Si te hubieras quedado
viviendo conmigo
en **una nube blanca**
un bello palacio
te hubiera construido.

Simbolismo:

Es una de sus mejores armas, usa el calibre perfecto, acierta siempre en el blanco. Simboliza. el amor con elementos naturales mencionados en la gran mayoría de sus poesías.

Frío amanecer

Hoy mis brazos extendí
buscándote otra vez,
¡Qué frío amanecer!
Estaba ya sin ti.

Cupido

Sigue mi consejo amiga o amigo,
pues **Cupido** es tu enemigo;
no entregues todo tu amor
o sabrás lo que es dolor.

Naufragio

Como **barco de papel**
mi amor un día navegó;
a pique se me fue
causando un gran dolor.

Metáfora:

No cabe duda de las cualidades del autor para tejernos con un fino velo lingüístico las ideas que surcan la mente y nos tocan el corazón.

Mi vida

¡Qué es mi vida!,
si no ese manto gris
que se tiende
sobre la lejana nave
próxima a zozobrar.

Simplemente tú y yo

Poesía es
ardiente explosión,
es volcán en erupción,
amordazado grito
en una agridulce canción.

El embustero

Sus promesas se las lleva el viento;
son puñales que se clavan muy adentro.
Es una persona muy infiel;
no confien más en él.

Símil:

Las comparaciones literarias, sobre todo en el género romántico, son muy usadas y nuestro autor las emplea por doquier.

Huella eternas

El sol de primavera
como tibia sábana cubría
tu vida y mi vida entera
mientras sollozando prometías
ser para siempre mía.

Naufragio

Como en barco de papel
mi amor un día navegó;
a pique se me fue
causando un gran dolor.

Espejismo

Tus palabras desvanecen
cual espejismo en el desierto,
cual fugaz estrella en la lejanía;
así mi vida desfallece
y mi conciencia ya nos es mía
y en vez de seguir viviendo,
voy muriendo cada día..

Personificación:

Estas figuras retóricas se encuentran insistentemente en la mayoría de sus poesías dándoles gran belleza y usadas por nuestro poeta de una manera muy magistral.

Amor a primera vista

Hoy **mis versos se visten** de gala
las estrellas danzan en lo alto,
la luna sonríe enamorada,
una nube ha secado ya su llanto.

Suavemente **el viento** se desliza
mientras **canta una canción;**
el mar sin ninguna prisa,
a las olas mece con pasión.

Alborada

Los resplandores del sol
iluminando están la habitación
y **entonando se hallan** en tu cuna
una muy linda canción.

Cupido

Se despide de muchas formas;
sin reglas o sin normas,
en silencio o con reproches,
por el día o por las noches.

Hipérbaton:

Las siguientes estrofas ilustran el uso del hipérbaton o cambio en el orden sintáctico.

Despertad

Si yo me pusiera un día
del mundo a escribir mi protesta,
funesta sería mi suerte
para el resto de mi vida.

Esperanza

**Una solución quisiera obtener
de la vida al asombroso misterio;
para entonces en mi proceder,
cambios en algunos criterios
al mundo poder ofrecer.**

Amor especial

**Consagrado he mi amor a ti
por toda la eternidad;**
sueños lejanos que no volverán,
recuerdos que en mi vida
ya nunca borrarse podrán.

Hipérbole:

Las exageraciones literarias se hallan abundantemente en sus poesías. Si fuéramos a enumerarlas habría que ilustrar nuestro estudio crítico literario con casi todas las poesías de este libro.

A continuación mostraremos únicamente algunas estrofas de poesías conteniendo ejemplos de hipérboles, con la intención premeditada de permitir a profesores y estudiantes, el comentario literario de otros ejemplos, dentro de este primer volumen de poesías románticas.

Conmigo

Si te hubieras quedado
viviendo conmigo,
sobre alfombra mágica
a un mundo encantado
hubiera volado.

Si te hubieras quedado
viviendo conmigo,
en una nube blanca
un bello palacio
te hubiera construido.

Alborada

Los resplandores del sol
iluminando están la habitación
y **entonando se hallan** en tu cuna
una muy linda canción.

Amor a primera vista

Hoy mis versos se visten de gala,
las estrellas danzan en lo alto,
la luna sonríe enamorada,
una nube ha secado ya su llanto.

Simplemente tú y yo

Poesía es
ardiente explosión,
es volcán en erupción,
amordazado grito
en una agridulce canción.

Poesía es
idioma universal,
un amor sin final,
río de agua cristalina,
cuya corriente va cantando
una feliz y dolorosa canción,
proveniente del fondo
de su corazón.

Naufragio

En otro barquito de papel
mi desilusión embarcaré
esperando que naufrague
o pronto moriré.

Bello despertar

¡Qué lindo es ver
*   tus ojos sonreír!*
¡Qué lindo es tener
*   por quien vivir!*

Frío amanecer

Lanzaré mi amor al río,
me siento muy herido;
mas aún no me arrepiento
de haberte conocido.

Cupido

Trae cara de inocente
al principio de la relación,
pero dentro de su mente
se esconde un vil ladrón.

Confunde tus pensamientos,
juega con tus sentimientos,
se apodera de tu tiempo
y te sube al firmamento.

Se despide de muchas formas;
sin reglas o sin normas,
en silencio o con reproches,
por el día o por las noches.

Oxímoron:

Esta variedad de figura retórica la utiliza el poeta con increíble destreza.

Simplemente tú y yo

Poesía es
mezcla de **angustiosa alegría,**
de **humilde orgullo,**
de **sencilla vanidad,**
agonizante murmullo
en un mundo de soledad.

Locura

Tu **inmediata lejanía**
me recuerda
tu **lejana cercanía.**

Onomatopeya:

Nuestro estudio crítico literario no podría estar completo sin una estrofa conteniendo un ejemplo de onomatopeya.

Batalla de Santa Rosa

Pum, pum, pum;
sonaban los tambores enemigos.
tralará, laraaaá;
sonaban las trompetas invasoras.

Aliteración:

Las aliteraciones se hallan en cantidades industriales dentro de sus poesías, dándole un ritmo especial a la musicalidad de sus versos.

Simplemente tú y yo

Poesía es
idioma universal,
un amor sin final,
río de agua cristalina,
cuya corriente va cantando
una feliz y dolorosa canción,
proveniente del fondo
de su corazón.

Cenizas

Su calor de verano
una vez me arropó;
las nieves de mi invierno
un día derritió.

Niña temprana

Soy alma de muerto;
muero ahora mismo,
en ti mi vida se posa,
febril mariposa.

Ironía

*Entre **m**ás la quieres;*
***m**ás te desprecia.*
*Entre **m**ás la desprecias;*
***m**ás ella te quiere.*

*Es **la l**ey de **l**a naturaleza*
aunque a unos
***l**es cause tristeza.*
*Es **la l**ey de **l**a vida*
*y a otros **l**es brinda alegría.*

Recordando

***P**asarán los días,*
***p**asarán los años,*
***p**ero en el corazón, la herida*
***p**ermanece haciendo daño.*

*Nunca entenderé **t**u decisión,*
*nunca entenderé **t**u gran **t**raición,*
*si **t**e entregué **t**odo mi amor*
sin ninguna condición.

Viajero

Al hallarte y mirarnos
*el **s**ol **s**e eclipsó;*
en punto estratégico
*él **s**e escondió;*
así nuestro amor
***s**e fundió.*

Repetición:

Esta estrategia literaria se encuentra en algunas de sus poesías para dar énfasis a los mensajes que el poeta considera deben llegar al lector y de esta manera envolverlo en un mundo único. He aquí algunos ejemplos:

Conmigo

**Si te hubieras quedado
viviendo conmigo,**
hubiera construido
un mundo distinto.

**Si te hubieras quedado
viviendo conmigo,**
besaría tus labios
en cada segundo.

Bello despertar

¡Qué lindo es ver la luna
    a través de tu ventana!
¡Qué lindo es ver el sol
    por la mañana!

Amor a primera vista

¡Hoy te he visto, te he visto
    y me has gustado!
¡Hoy te he visto, te he visto
    y de ti me he enamorado!

Métrica:

El artístico uso de la **rima consonante** o **perfecta** es muy empleada en sus poesías. Analicemos la igualdad de todas las letras desde la última acentuada.

El embustero

Mujeres sigan mi cons**ejo**
si todavía están a ti**empo**;
si no, mírense en mi esp**ejo**
y verán mi sufrimi**ento**.

Escuchen a quien les acons**eja**;
no le creas a ese h**ombre**,
pues hoy el amor te lo sirve en band**eja**,
pero mañana se olvida de tu n**ombre**.

Amor a primera vista

¡Hoy te he visto, te he v**isto**
y me has gust**ado**!
¡Hoy te he visto, te he v**isto**
y de ti me he enamor**ado**!

Rima asonante o imperfecta:

El uso de la **rima asonante** o **imperfecta da** una inigualable musicalidad a su poesía, las letras consonantes son ignoradas y se mantiene la igualdad de las vocales desde la última acentuada.

Las siguientes estrofas son ejemplos de rima asonante masculina o sea rima imperfecta de de una sola sílaba.

Naufragio

Como en barco de papel
mi amor un día navegó;
a pique se me fue
causando un gran dolor.

Como niño sin razón
mi llanto no pude contener;
al perder a la mujer
que robó mi corazón.

¿Cómo haré para olvidar?
¿Cómo haré para calmar
el llanto y desesperación
de mi afligido corazón?

Abandono

La luz de tu mirar
ya nunca alumbrará
la eterna oscuridad
de mi dolorosa soledad.

Frío amanecer

Hoy mis brazos extend*í*
buscándote otra v*ez*,
¡Qué frío amanec*er*!
Estaba ya sin t*i*.

Tus besos ya nunca más tendr*é*,
no quiero ya sab*er*
de ninguna otra muj*er*
que se burle de mi s*er*.

Perdón

Ante esa tu gran dignid*ad*,
únese la piedad de tu coraz*ón*
y hoy con gran humild*ad*
de ti yo imploro tu perd*ón*.

Nuestra alameda

Su escondite deseo encontr*ar*,
rogarle que se vuelva a mud*ar*,
que ocupe la misma habitaci*ón*
dentro de tu dulce coraz*ón*.

Que llanto no me queda m*ás*,
que ya la tengo que bes*ar*,
que no me haga más suf*rir*
o pronto he de mor*ir*.

¡Qué será de mí!

No quiero ni pensar
que será de mí
si tú te vas.

No quiero imaginar
que será de mí
si no te miro más.

Tinieblas

Respuesta creo nunca encontraré
a tu infame decisión
mas siempre yo te llevaré
dentro de mi corazón.

Felicidades

Por los senderos del bien
tus pasos te han de guiar;
son las ansias de quien,
nunca te habrá de olvidar.

Las siguientes estrofas son ejemplos de **rima asonante femenina** *o sea* **rima asonante de dos sílabas.**

Cupido

*Confunde tus pensamient**os**,*
*juega con tus sentimient**os**,*
*se apodera de tu tiemp**o***
*y te sube al firmament**o**.*

Recordando

*Pasaran los dí**as**,*
*pasaran los añ**os**,*
*pero en el corazón, la herid**a**,*
*permanece haciendo dañ**o**.*

Alicia Nuñez, P.H.D.
Analista literaria

Libros escritos por el autor

Poesía:

01. Simplemente tú y yo
02. Secretos
03. Añoranza
04. Ensueño (Antología poética)

Cuento:

01. Las increíbles aventuras del cochinito Oink Link
02. Las increíbles aventuras del sapito Kroak Kroak
03. Las increíbles aventuras del borreguito Eeé Eeé
04. Las increíbles aventuras de la vaquita Muú Muú
05. Las increíbles aventuras de la ranita Ribet Ribet
06. Las increíbles aventuras de la gatita Miau Miau
07. Las increíbles aventuras del perrito Guao Guao
08. Las increíbles aventuras del becerrito Meé Meé
09. Las increíbles aventuras de la gallinita Kló Kló
10. Las increíbles aventuras del patito Kuak Kuak
11. Las increíbles aventuras de la chivita Beé Beé
12. Las increíbles aventuras del gallito Kikirikí
13. Las increíbles aventuras del pollito Pío Pío
14. Las increíbles aventuras del Coquí
15. Las increíbles aventuras de Pancho

Drama:

01. Pitirre no quiere hablar inglés

Books written by the author

Short story *(Bilingual Spanish/English)*

The Incredible Adventures of Cock-a- dottle-doo, the Little Rooster
The Incredible Adventures of Pew Pew, the Little Chicken
The Incredible Adventures of Kluck Kluck, the Little Hen
The Incredible Adventures of Kuack Kuack, the Little Duck
The Incredible Adventures of Oink Oink, the Little Pig
The Incredible Adventures of Bow Wow, the Little Dog
The Incredible Adventures of Meow Meow, the Little Cat
The Incredible Adventures of Baa Baa, the Little Goat
The Incredible Adventures of Moo Moo, the Little Cow
The Incredible Adventures of Maa Maa, the Little Calf
The Incredible Adventures of Baaaa Baaaa, the Little Lamb
The Incredible Adventures of Kroak Kroak, the Little Toad
The Incredible Adventures of Ribbit Ribbit, the Little Frog
The Incredible Adventures of Coqui
The Incredible Adventures of Pancho

Poetry *(Spanish)*

Simplemente tú y yo
Secretos
Añoranza
Ensueño (Antología poética)

Drama *(English)*

Pitirre Does not Want to Speak English